Nota para los padres y encargados

Los libros de *Read-it!* Readers son para niños que se inician en el maravilloso camino de
la adquisición de dest

El NIVEL MORADO
de alta frecuencia y pa

El NIVEL ROJO pre
y oraciones de patrones repetitivos.

El NIVEL AZUL presenta nuevas ideas con un vocabulario más amplio y una estructura gramatical más variada.

El NIVEL AMARILLO presenta ideas más elevadas, un vocabulario extenso y una amplia variedad en la estructura de las oraciones.

El NIVEL VERDE presenta ideas más complejas, un vocabulario más variado y estructuras del lenguaje más extensas.

El NIVEL ANARANJADO presenta una amplia de ideas y conceptos con vocabulario más elevado y estructuras gramaticales complejas.

Al leerle un libro a su pequeño, hágalo con calma y pause a menudo para hablar acerca de las ilustraciones. Pídale que pase las páginas y que señale los dibujos y las palabras conocidas. No olvide volverle a leer los cuentos o las partes de los cuentos que más le gusten.

No hay una forma correcta o incorrecta de compartir un libro con los niños. Saque el tiempo para leer con su niña o niño y transmítale así el legado de la lectura.

Adria F. Klein, Ph.D.
Profesora emérita, California State University
San Bernardino, California

Editor: Jacqueline A. Wolfe
Page Production: Amy Bailey Muehlenhardt
Creative Director: Keith Griffin
Editorial Director: Carol Jones
Managing Editor: Catherine Neitge
The illustrations in this book were created with watercolor and colored pencil.
Translation and page production: Spanish Educational Publishing, Ltd.
Spanish project management: Jennifer Gillis/Haw River Editorial

Picture Window Books
A Capstone Imprint
1710 Roe Crest Drive
North Mankato, MN 56003
www.capstonepub.com

Printed in the United States of America in Eau Claire, Wisconsin.
030716
009591R

Library of Congress Cataloging-in-Publication Data
Klein, Adria F.
[Max goes to the library. Spanish]
Max va a la biblioteca / por Adria F. Klein ; ilustrado por Mernie Gallagher-Cole ;
traducción, Clara Lozano.
p. cm. — (Read-it! readers en español)
Summary: Max, who loves to read, discovers all the services available to him during
a visit to the library.
ISBN 978-1-4048-2667-0 (hardcover)
ISBN 978-1-4048-3036-3 (paperback)
[1. Libraries—Fiction. 2. Books and reading—Fiction. 3. Hispanic Americans—
Fiction. 4. Spanish language materials.] I. Gallagher-Cole, Mernie, ill. II. Lozano,
Clara. III. Title. IV. Series.

PZ73.K546 2006
[E]—dc22   2006004200

Max
va a la biblioteca

por Adria F. Klein
ilustrado por Mernie Gallagher-Cole

Traducción: Clara Lozano

Con agradecimientos especiales a nuestras asesoras:

Adria F. Klein, Ph.D.
Profesora emérita, California State University
San Bernardino, California

Susan Kesselring, M.A.
Alfabetizadora
Rosemount-Apple Valley-Eagan (Minnesota) School District

PiCTURE WiNDOW BOOKſ
Minneapolis, Minnesota

A Max le gusta leer libros.

Max va a la biblioteca.

Libros
para
todos

Saluda al bibliotecario.

Bibliotecario

El bibliotecario le da una
tarjeta de la biblioteca.

El bibliotecario le enseña
los libros para niños.

GATOS

Animales

Vacas

11

Max escoge un libro
sobre animales.

Animales

G

as

13

Se sienta en una mesa
y lee su libro.

15

Max busca más libros sobre animales en la computadora.

Max saca tres libros
de la biblioteca.

Max quiere regresar a la biblioteca
muy pronto.

A Max le gusta leer libros.

23

Más *Read-it!* Readers

Con ilustraciones vívidas y cuentos divertidos da gusto
practicar la lectura. Busca más libros a tu nivel.

La niñera
Max va en el autobús
Max va de compras
Max va a la escuela
Max va a la peluquería
Max va al dentista
Pepi pasea
¿Qué color?
Se me cayó un diente

En la red

FactHound ofrece un medio divertido y confiable de buscar
portales de la red relacionados con este libro. Nuestros expertos
investigan todos los portales que listamos en FactHound.

1. Visite *www.facthound.com*
2. Escriba código: 140482667X
3. Oprima el botón FETCH IT.

¡FactHound, su buscador de confianza,
le dará
una lista de los mejores portales! En nuestro portal **www.
picturewindowbooks.com** encontrará la
lista completa de la colección *Read-it!* Readers.

24